句集

夜の森

Yoru-no-Mori

Junko Komakine

駒木根淳子

角川書店

【夜の森】目次

装丁　間村俊一
表紙写真　田ノ岡哲哉／アフロ

句集

【夜の森】

健啖の父

二〇〇四年以前

遠足児邪馬台国を駈けまはる

断層の上にはばたく桜かな

沈丁や目頭を押す帰り道

更衣水の日向をつばめ打ち

沈ませて渡る仮橋栃の花

恐竜の骨より白し梅雨の蝶

ジーンズの裾の重たき濃あぢさゐ

半夏生もう昼でなく夜でなく

遠郭公気を付けのまま寝袋に

直登の蜈蚣総身弾みだす

波乗りの海の濁りを身にかぶる

びしょ濡れの少年とほる立葵

夕顔や軍鶏の眦尖りたる

夕顔に北斗の柄杓降りて来し

大蛸のせつせと踏まれ洗はるる

飛魚の銀の矢跳ねて子は二十歳

秋燕や卓布ひろげしやうに海

赤とんぼ雲は軽さを取り戻し

父がまた母の名を呼ぶ冬霞

巨き荷とベンチに睡る冬帽子

老優のごとき横顔冬の蠅

二〇〇五年

寒鯉の魚雷の重さもて沈む

海けふは陸よりしづか龍の玉

せせらぎは鱗のひかり蕗のたう

梅一輪空のちくちくしてきたる

梅にほふ風の形に雲ちぎれ

やはらかく樹影踏み越え春の猫

水陽炎より初蝶の流れ来し

六枚に散つて終りぬチューリップ

花筒に水湛へある遠霞

もの食うて人間笑ふ花の下

花過ぎの太幹に脂噴き出す

寝足りたる手足のごとき新樹かな

ひと蹴りに四隅の光る水馬

牛舎より豚舎にぎやか青嵐

麦秋をうながす真夜の風ならむ

袋掛旺ん草書のやうに雲

馬鈴薯の花あはあはとふつふつと

青梅雨や卵をやどす魚煮て

弾痕に似て蟬の穴おびただし

中学生胸筋ひかるまで泳ぐ

遠泳の波ゆるやかに越えゆけり

両膝の笑つてゐたり岩清水

滴りの膨らんでくるうすみどり

しばらくは夕日をこらへ滴れり

打水の宙をよぎりしもの濡らす

濁音のかさなりうねる油蟬

夕焼けて健啖の父卓に待つ

燿あとの河岸にあきかぜ椅子に人

赤のまま図面ひろげしまま歩く

乾くたび道白くなる彼岸花

新さんま傷つきやすき蒼さもて

割箸の束の百膳秋高し

夕鵙に抜いては燃やす畑のもの

破芭蕉月の濡らしてゆきにけり

樹樹たかく空なほたかく冬が来る

冬夕焼帰郷のごとく橋わたり

完結の龍太全集冬の鵙

数へ日の行方不明の一書かな

雪霏霏と神代の暗れを伴なへる

二〇〇六年

相逢うて春野のしめり持ち歩く

手も口もよく働きてさくら咲く

てのひらの豆腐あやふし花ぐもり

明るくて雨脚ななめ八重桜

五合目の風存分に鯉のぼり

茅花流し紐一本の漂へる

まだ落つる重さ持たざる実梅かな

柿の花ころころころと掃き誕生日

荒梅雨や書庫の脚立にをればなほ

滑落の一瞬蛇の伸びきつて

香水よぎる若沖の空晴れてゐず

ふるさとの銀座寂びれし氷水

蟻群れて骸のそりと動き出す

踏切棒止りてはづむ今朝の秋

地面まで雨届かざり鶏頭花

蛸の脚一本欠くる残暑かな

牛蒡引き終りて水に似る午睡

小鳥来る腰に上着を巻く日和

いつの間に大股になる刈田道

付添ひの寝床のかたし後の月

トロ箱の水あかかく透く冬はじめ

前髪を剪りし明るさ返り花

短日や肉屋の秤すぐ拭かれ

取れかかる釦のやうな冬桜

買物の父のまごつく日短

硝子戸の内に猫の目三の酉

冬の翡翠

二〇〇七年

紐解くごとし初夢終りたる

探梅やすずめのやうに日を浴びて

若布漁近し薪を浜に積み

耕人の風を聴きをる背中かな

さくらさくら丹田つかふ登り坂

陶工の壺を割る音鳥曇

春の蠅天神裏に魚干せば

引き摺りて漁網を運ぶ夕霞

ひげに似てなんじゃもんじゃの木の若葉

砂浜に砂運び足す薄暑光

六月の日向日蔭の花白し

沼津市乗運寺

磊落の和尚の小千谷ちぢみかな

地震の夜の隙なく詰まる冷蔵庫

盂蘭盆会焦げし流木横たはり

ヘルペスの母に居座る残暑かな

脱ぎ捨てて二百十日の泥軍手

十字路に海の匂へり赤とんぼ

芋畑もつとも昼の虫鳴けり

乾きもの戸棚にさがす十三夜

一木に鳥の眼あまた柿熟るる

卵割る音より冬の始まりぬ

はつふゆの手術室より母帰還

雪婆消え深海のやうな空

冬の翡翠藍深めたる帰郷かな

百合鷗けはしき声のまま暮るる

股引を買ひぬと旅の子の電話

夜咄や母の曾祖父天狗党

搔巻を干す炭鉱の消えし町

二〇〇八年

雪像の大いなる鼻融け始む

涅槃図に全き月ののぼりけり

四阿の濡れ恋猫のさらに濡れ

貝洗ふ音きびきびと立子の忌

踏切を十歩で渡るつばくらめ

囀やペットボトルの茶に馴染み

海見ゆる高さ巣箱の穴しんと

義母享年八十八

春逝くや息子に莫迦と言ひ遺し

太宰忌の太藺くきくき折れちがふ

悼　ツヤ子伯母

相模野の螢となりて旅立てり

あとかたも無し万緑を引き剝がし

のつそりと猫の横切る扇風機

短夜の靴脱ぎ入る芝居小屋

ダリア咲く寺に戒名貰ひたる

茄子の花寡黙な男なら信ず

宇都宮市大谷資料館　二句

地下軍事工場跡地滴れり

人骨の眼窩闇黒なる旱

東京の西端に遭ふ大夕立
にぎやかにまた盆客の入れ替る
白桃を吸ふたび五官うしなへる

今年藁積みて木星近づきぬ

湧きに湧く霧利根川の目覚めけり

烟茸けむりだしては遊びけり

きんぴら太し下野の初時雨

大綿のいつも前方より来るか

雪晴といへねど雪の止んでゐし

梟に逢ひにゆきたくなることも

冬眠の蛇の薄目になる日射し

鮟鱇の口の向うの怒濤音

蚯蚓鳴く

二〇〇九年

ぽっぺんのぽこんと母の記憶欠く

摘み頃のはうれん草と猫とわれ

茹で卵芯までかたき流氷期

洗ひたての月あり余寒ありにけり

日だまりに似る早梅の一樹あり

涅槃図へみしみし人の近づける

木蓮のぞくぞく孵る夜明けかな

春耕のけむりのやうなもの蒔けり

首抱かれ馬のしづまる朝桜

大桜蔓垂れ蔦の巻きのぼる

花の山暗む母胎をゆくごとし

遠足の終り兎の餌を摘む

産み月の牛の赤らむ梨の花

底抜けの青空鍾馗幟立つ

ひとつ年取る檸檬の花が白と知り

父母の小さき夕餉走り梅雨

翡翠の水裂くやうに飛び去れり

道をしへ虹色に跳び誕生日

夕映えて白のかがやく辣韮剝き

爪のうら痒し辣韮を剝きし夜

目覚めたる闇なまぐさし半夏生

江ノ電も橋も傾け神輿来る

浜渡御の火を噴いてゐる担ぎ瘤

ご赦免花つぎの船まで一時間

みんみんの黙みんみんの埋めゆく

新涼の北鎌倉を掃いてをり

ひりひりと肌に日の射す曼珠沙華

日表は葛の覆へる巨きな木

蚯蚓鳴く大儀大儀と母のこゑ

月欠けてほのぼのとあり猫の眉

橡の実の一徹父の半世紀

十三夜電話は来ても来なくても

掛大根潮騒に瘦せ月に瘦せ

脇腹にみどりひと刷き枯蟷螂

枯れ残り暮れかぬる赤からすうり

研ぎかけの出刃に指あて暮早し

枯千里成吉思汗の墓埋れ

梟の月得てさらに長考す

二〇一〇年

水餅の闇より母の手がもどる

寒釣のどのポケットもふくらめる

牡蠣啜る身のくらがりに風起し

ぬかるみはひかりを集め冬雀

笹子鳴く駅に男を待たせたる

冬麗の島に来てをり野菜売

探梅や水なき川の橋渡り

一握の米を大地に午まつり

白梅に手をつなぎをる父と母

崖縁を返す箒目紅椿

燕来るセピアづくしの写真館

独活苦し四角い顔の男減り

谷に生れ谷に朽ちゆく桜かな

そら豆をつまむ還暦まで二年

梅の実の傷のまはりの軟らかし

寝はぐれて大樹見上ぐる芒種かな

馬鈴薯の花も地球も泛いてをり

真つ先に雨後の老鶯ひびきたる

つかこうへい死す初蟬の声を張り

ゆく夏の貝掻き落す生簀籠

母探すやうに急き立ちつくつくし

源流の飛沫しろがね秋はじめ

かなかなかなかな百の自転車夕映えて

ポケットの深くて秋の更衣

汲み置きの水の小暗き菊花展

稲熟るすでに遅刻の高校生

流鏑馬のための盛り砂紅葉晴

石ころの寅さんに似て小六月

瘡蓋のやうな音立つ朴落葉

山廬

火吹竹龍太作りしものあらむ

枯露柿のとろりと雪になる雲か

盆の海

二〇一一年

父死す　六句

父死ぬな冬田の闇に目を凝らし

冴ゆる夜の蒼く波打つ心電図

底冷の父よりはづす管の数

大寒の枢薬香の白衣置く

みちのくの寒風すさぶ訣れなり

父の亡き調剤室の冬灯

なみだほど光を湛へこぶしの芽

待春の雲の高さと思ひけり

天上に父の豆撒く声あらむ

遺されて春の小川をうたふ母

東日本大震災　三句

春寒の家なき母となりにけり

陽炎のむかう側より還りたる

海市にはあらず原子炉てふ遺跡

震災二週間後いわき市に入る

活断層あらはに山の芽吹きけり

陽炎へりヨー素セシウムY線

弟夫婦は

燕来るこの地を離れざる覚悟

見る人もなき夜の森のさくらかな

花ふぶき生きとし生けるものに詫び

春逝けり月面よりも浜荒み

水葬のごとく佇み黒揚羽

傾がざる電柱はどれ夏つばめ

梅雨近し割れたる瓦すくふ音

地軸ほど傾く母よ額の花

土足にて生家を歩く日雷

蛇見たるあとの涙のかはきゐし

放射能止まず桑の実黒く踏み

金蠅のうなる瓦礫の百年分

山河灼け万年超ゆる半減期
てんと虫ほどの暮しでよきものを
百日が過ぎるプールの水汚れ

病み重る日本に水母透きとほる

家毀つ順番来たり雲の峰

弟が父の数珠持ち盂蘭盆会

いわき市久ノ浜地区

盆の海いしずゑに置く供花と酒

半年が過ぐひまはりの芯焦がし

母忽と反抗期なり花茗荷

肺満たすおいしい空気小鳥来る

いわき市豊間・薄磯地区　二句

倒れたる墓に水掛け秋彼岸

まぼろしの灯台神社花芒

一粒の含みて甘し今年米

蜘蛛の眼のかなた鳶の眼冬に入る

月蝕のすすむ梟しばたたき

流寓の友の眼うるみ冬桜

冬ざるる撮《うつ》る全員防護服

龍の玉雌伏重ねし色ならむ

石蕗咲いて出船許されざる漁港

原発の本が平積み年詰まる

毛糸編む母

二〇一二年

冬の月一枚父の一年忌

牛の仔の涙痕黒き冬日向

狐火に遠く踏切鳴つてをり

霜柱結ばぬほどに地の渇き

毛糸編む母に再び逢へるとは

春はそこ虚子一族にめぐりあひ

梅ふふむ土竜の土の新しく

禅寺の炊煙一途梅ひらく

取り除く土の山なす朧かな

涅槃図の近づきすぎて見えぬもの

回生のくれなゐ噴けり牡丹の芽

雪搔いて卒業式の門となる

蝌蚪湧けり革命前夜かもしれぬ

磐城相馬直路無しかぎろへる

蜃気楼死者を迎へに来てをりぬ

杉山の奥のしづけさ桜充つ

野遊びの脱ぎてまた履く靴重し

有楽町さくらまつり

被曝櫻被災地櫻ここに咲き

岩つばめ水晶磨く音のなか

余花の舞ふ母の母校はわが母校

竹皮を脱ぎてあっさり再稼働

ずぶ濡れの万緑といふ昏さあり

夜の風にたましひ濡るる蛇苺

一草に触れて螢の沈みけり

梅雨颱風去りぬ大河のやうに雲

子育ての翡翠の頭の禿げてゐし

いわき市　五句

風死せり応急仮設てふ住所

三光鳥かつて石炭掘り尽くし

すててこを穿き炭鉱の生き字引

まぎれざる一匹の声法師蟬

新盆の闇じゃんがらは死者を招び

＊じゃんがらは江戸時代から受け継いできた郷土の念仏踊り。青年団が太鼓や鉦を叩き初盆の家を廻る。

ただならぬくれなゐ重ね鶏頭花

ぼた山のいつか草山葛嵐

釣堀の椅子の小さく秋澄めり

荒縄の太き結び目豊の秋

稲刈のおほき太陽賜りぬ

虫喰ひの穴にあをぞら柿紅葉

反骨の漢をよごす熟柿かな

母は手を握れば寝落つつづれさせ

秩父　三句

秩父石に還る途中の露仏

蜂谷柿太し叛旗の血筋引く

はつふゆの峡の闇ゆく秩父線

濃き虹

二〇一三年

どこまでも寒の青空三年忌

仮設住居三百といふ冬景色

遅延の文字まつ赤に滲む暮雪かな

降る雪の奥にふるさと置いて来し

涅槃図の大き桐箱ありにけり

梅香るそろそろ母の顔を見に

春の雪降りつくしたるあとの星

梅白し朝日のうかぶ水を汲み

梅咲いてもめん豆腐を好む夫

閉ぢ込めし蔓のむらさき春氷

海底に黒髪のまま雛の坐す

春昼の昏さ医学書専門店

水よりも重くつめたく落椿

咲き満ちてうすやみ抱く糸桜

的中の矢音みじかし山桜

陽炎のなかに肩抱く別れあり

鎌倉五山花御堂より花御堂

禅寺の椿のみなる花御堂

暗黒の湯の滾りをりひじき釜

花過ぎの列島地震に地震応へ

山藤のおほふ重みに堪へてゐし

影負うて江ノ電のゆく薄暑かな

豆ごはん夫の職退く日の近し

余花白し小さし勿来を越えてより

梅雨の蝶水面のおのれ嗅いでゐし

被曝野と呼ばれやませの吹き荒ぶ

海原に祈る濃き虹また祈る

またたかぬ眼もてくちなは泳ぎけり

影に似て影より敏し揚羽蝶

夏蝶や身を越す草に指を切り

炎昼のけりをつけねばならぬこと

蟬しぐれ崖より石の外れかけ

つくつくし風の行間啼きつくす

和菓子屋に母似の背中秋彼岸

零余子採り過ぎてしまひしさびしさよ

鏡より冥くわれ坐す颱風裡

いわき市　三句

颱風の激流越ゆる帰郷なり

この浜の奥に原発雁渡る

みなし栗踏みて眼底痛み出す

人形の前髪重し後の月

栗を煮て深紅の灰汁のかぎりなし

狐火や彗星の尾の二岐れ

初雪となるはずの雨肩濡らす

冬あかね戦後生れに災後来る

延延と餅切る父のもうをらず

水晶体

二〇一四年

独楽よりも紐の汚れてをる日暮

人日のいたるところに警察官

万両や生き残るゆゑ語り継ぐ

笹子鳴くたびに藪山軽くなり

涅槃図に激しき雪の迫りたる

木の股に淡雪残る夕日かな

恋猫の奈落見て来し眼なり

日のありて寒き三・一一よ

鳥帰る余震一万六千回

玄関の灯のほの暗き入彼岸

さくら枝垂れてかき揚げの紅生姜

まつすぐな幹あり夜の辛夷あり

クリミアに腐海あり

腐海てふ干潟に戦車着く頃か

おぼろ夜の壁紙継ぎ目より剝がれ

帰郷　四句

うぐひすのしきり父しかをらぬ墓

四度目のさくら吹雪を浴び跡地

個室より母と見てをる遠桜

逃水を追ひかけ海の遠ざかる

沖をみるまなざしに似て桐の花

帰りたき母をなだむる夕薄暑

螢待つかすかな飢ゑを押しとどめ

白内障手術

水晶体白濁栗の花匂ふ

亡き父に思はぬ知人額の花

枇杷するするこの身に蝕のごとき翳

本郷吟行　三句

キャンパスに英語北京語四十雀

梅雨ひぐらし切に九条まなぶ会

旧帝大対校戦の汗の量

まつさきに雨の呑みこむ蟬の穴

噴水の一途に影を消さんとす

水馬この世の端をちよいと蹴り

夕立のはじめ見逃す戦争も

八月や三百万の死者に母

先んじて白のかがやく曼珠沙華

ビル裏を運河に晒す帰燕かな

大雨も大風も去り後の月

帰郷してすぐ真向の北颪

いわき市　五句

柚子刻む放射線量測定所

百ベクレル以下の松茸山なれど

海見えぬ堤防聳ゆ冬かもめ

空晴れて海の時化ゐる石蕗の花

鳩尾の痛みをなだめゐる炬燵

目薬をさして初雪迎へけり

沖までの波はればれと大根畑

クリスマス子どものころの本開き

梟の寂光眺めをる眼

千万の影

二〇一五年

読初となす白泉の戦時詠

鏡餅乾びて戦争できる国

霜柱倒れて海の光りだす

この家に四半世紀や椿咲く
春愁のいつもあの日にたどりつく
つくし摘む淋しき音を地に重ね

花こぶし蒼くなるまで馬磨き

テトロンの日の丸うすし鳥帰る

芽吹きたる未来尖つてゐたりけり

ふらここを一途に鳥になりたき日

青き踏む六尺超ゆる利休の背

千万の影降るしだれ大桜

山桜なだれて路を淋しくす

一生の桜吹雪のころの夢

もう誰もここには来ない山桜

燃料棒融けゆく花の奈落まで

底抜けの原子炉蔵す花の闇

春愁の母にいくつの嘘をつく

竹皮を脱ぎ長雨の崖背負ふ

夕闇に金星高し螢狩

ずぶ濡れの闇青柿を太らしむ

蛇の腹擦りていづこも荒野なり

世の中の二三歩あとを蟇

廃炉まで生きてはをれぬ蛇の衣

明急ぐ夢の淵より叫び声
ひまはりの話しかけたくなる高さ
まくなぎを抜けそこなひし眉ふたつ

箱庭に無し原子炉もミサイルも

夏帯のきりりと澤地久枝立つ

氷水穿り国家の土性骨

削氷のうすむらさきの心持ち

在りし日は

上京の母のうすもののまぶしめり

すでに日のたかだかとあり銭葵

朝の日の滾りて大き盆帰省

かなかなと啼きふくしまと啼き継げり

花木槿母に昨日も今日もなく

生身魂なればば娘の名を忘れ

泣き虫の母にゼリーもババロアも

風船爆弾作りし母よ八月よ

夜は秋の眠る故郷に眠れぬ母

はつ秋と思ふ穂の先畦の色

夕鯛ひと様に母ゆだねをる

秋夕焼次の戦争まで平和

冬瓜の途方に暮るる重さにて

悼　永岡義久氏

颱風の目玉を見むと逝かれけり

切株といふ秋風を待つところ

横須賀　二句

原子力空母入港雁渡し

黄落や刺青屋混む基地の町

初雪が来る給食の鯨カツ

見るまへに跳べ雪虫の空蒼く

薄日すぐ雲に隠るる冬至梅

狐火に遭ひ白髪を殖やしたる

行明けの若き所化の眼龍の玉

野坂逝く戦後七十年師走

薄暮

二〇一六年

きだきだの水平線や野水仙

鳶鴉空に争ひ鴨の陣

白鳥の夕日まみれの声猛し

父の忌の雪革靴に沁み透る

寒苺ほほばる平和母にあり

紅梅は日暮を恋ふ木ひとりの木

母臥して白梅ほどの胸の翳

涅槃図やうねりて波の崩れざる

雛段を桐の箪笥を母執す

雛送り果てたる沖のまくれなゐ

捨雛のやがて人魚になる薄暮

黙禱の一分の闇春怒濤

永久に二時四十六分大霞

芽吹山首長竜の骨埋み

切株にひとりの時間蝶の昼

三浦半島不漁

若布採る初漁にして漁仕舞

地に触るる木五倍子の影のやはらかし

芹摘みの夫婦いつしか離れたる

山深く光炎なせり糸桜

この先は奔流ならむ飛花落花

花の塵踏み鎌倉へ下る道

諷経の僧三十人と春惜しむ

猫の子に人口零の町の闇

つぎはぎの国土綻びゆく暮春

巣つばめに空より鴉地より蛇

店先にたかんなを売る理髪店

若葉から青葉に移る昼下り

悠久を旅してゐたり蝸牛

かたつむりしづかな風に角の透く

十薬は八重卓袱台の似合ふ家

蛙呑む蛇の尾先の鎮もれり

踏切のむかうが遠し黒揚羽

句集　夜の森　畢

跋

駒木根淳子さんはカイバル峠に行ったことがある。このことを初めて知ったのは、今井聖主宰の「街」の句会で駒木根さんと一緒になった帰り道だったと思うが、私は本当に驚いた。私にとってカイバル峠といえば、アレキサンダー大王の軍隊が越え、チンギス・ハンやマルコ・ポーロが通り、玄奘三蔵がそこからインドへ向けて入って行ったという世界史上の地名であって、自分自身の日常とは遠くかけ離れた場所であった。そのカイバル峠に行ったことのある、私と同年代の日本女性が身近にいたとは！

後に詳しく聞いたところによれば、駒木根さんがカイバル峠を含むアフガニスタンへの旅をしたのは、ソ連によるアフガン侵攻の始まった一九七九年の前年のことである。建築家たちのグループを中心とした旅慣れた人々が集まり企画した、特別な秘境ツアーだったという。そのため急なスケジュール変更やハプニングも続出したらしい。その頃のアフガニスタンは、現在私たちがニュース映像でよく目にする荒涼たる砂漠のような国土ではなく、葡萄畑や小麦畑が一面に広がる緑豊かな大地であったという。しかし、当時アフガニスタンではすでに断続的に紛争が起きており、駒木根さんは首都カブールでも放置された戦車や砲台を目にしたそうである。

カイバル峠付近は高い山脈が連なり、当時も今も国家の法律や統治などは通用しない、イスラム系諸部族の治める自治地域である。近年で言えばビン・ラディンが潜伏していたような所だ。そのカイバル峠の近くで、駒木根さんたちの一行は運悪く日没を迎えてしまい、かなり危険な状態に陥って、相当怖い思いもしたらしい。

三週間にわたったというこのアフガニスタンへの旅で、彼女はバーミヤン渓谷も訪れ、巨大な磨崖仏の眼から下の谷底を覗き見るという体験もしている。この大仏は二〇〇一年にイスラム原理主義組織タリバンによって爆破されてしまったが。また、一行はバーミヤン州にあるバンディ・アミール湖にも行った。バンディ・アミール湖は砂漠の宝石などと呼ばれるが、ネットで写真を見るだけでも、一木一草ない黄土色の岩山に囲まれた神秘的な湖面は、美しいと言うより本能的に恐怖感を覚えるほどに深く青い。日本の自然の風景とは全く隔絶した世界である。

今でも駒木根さんはアフガニスタンの厳しい現状などが報道されると、「以前は豊かな農業国だったのに、今は国土が無惨に荒廃してしまった。人々はさぞかし辛い思いをしているだろう」と憂い悲しむのである。

この旅行の数年前、大学生だった駒木根さんは彼女自身にとっての初めての海外旅行であるスペイン、モロッコ、そしてシチリア方面への旅を体験している。この時の旅行の第一の目的は、モロッコの迷宮都市と言われるフェズを自分の眼で見てみることだったという。

彼女は上智大学文学部史学科で東洋史を専攻し、騎馬民族説で名高い江上波夫教授のゼミで学んだ。卒論のテーマは「中世イスラム都市」。

「私は商店街育ちだから、市場や人々が寄り集まって商いをしている所に大きな関心があるの」と駒木根さんは言う。

ちなみに、彼女は福島県いわき市平で生まれ育った。ご実家は薬剤師だったお父上が創業した薬局である。

モロッコでは世界遺産のフェズやマラケシュなども訪ね、広場や入り組んで連なる商店などを巡り、そこに生きる人々と触れ合って、そのエネルギーと人間臭さに満ちた営みを肌で感じてきたのである。

若き日に、パリやニューヨークではなく、モロッコやアフガニスタンへかなりのハプニングや危険も伴うような旅をしたということは、大きな意味があるように思う。大学で学んだ広範な知識や理解力を持ちつつ、感性の柔軟な二十代前半において体験したこの二度の旅は、その後の駒木根さんのものの見方や考え方、生きる姿勢、さらには俳句を作るときの立脚点にも、深いところで影響を及ぼしているであろう。

駒木根さんと話していてよく感じるのは、現在の日本社会や日本人のありようを相対化して見る視点を彼女が常に持っていることである。時間的にも空間的にもグローバルな視野を持ち、価値観の全く異なる世界に生きる人々の存在を常に頭の中に置いている。たとえば、句会に吟行にと、俳句を作り読む喜びを味わうことのできる現在の自分たちの姿を、客観的、複眼的に見つめる眼差しがあるのである。

そしてもう一点。人種や風土、宗教や社会体制が大きく異なっていても、生きてゆく人の暮らしの基本的な姿に変わりはない、人間の生活の根元的なありようは共通性があり、普遍的なものだということについて、駒木根さんは深い認識を抱いている。どこに生きていようと、その時々の喜怒哀楽を繰り返しながら、人は耕し、収穫し、あるいはさまざまの物を作り出し、それら種々の物を商って人間は暮らしを営むのだという認識である。

この二つのことは根っこでつながっているのかも知れないが、おそらく若き日の二度の旅での経験は、その後の彼女のこのような思考や認識の大きな底流、あるいは支柱をなしているものと思う。洋の東西を問わず、さまざまの条件の下で無名の人々が実直に地に足をつけて、一見平凡と言われるような生活を積み重ねてゆく。そういう生活者の在り方をこそ、駒木根さんは尊いものと考え、その生活者の身体をくぐって発せられた言葉を、彼女は非常に大切に考えているのである。

二〇〇五年一月から、駒木根さんと私たちはささやかな俳句同人誌「麟」を刊行しているが、皆で考えた「創刊の言葉」に次のような一節がある。

「痛切に自分の生活実感に即し骨太に、自分に引きつけて、自分の熱い息とともに吐き出される言葉で、五七五という冴えた器を満たしたい」

俳句実作について私たちはこのような理念を掲げたが、「麟」はもう一つの大きな柱として、共同研究という形での「女性俳句研究」を続けている。各メンバーがそれぞれの切り口から、それぞれのアプローチの仕方で、必要なだけ時間をかけて考察してゆくのだが、これまでに第一期として長谷川かな女、杉田久女、竹下しづの女、阿部みどり女を取り上げた。そして現在、第二期として、四Tのひとり橋本多佳子について考察を進めている。

この「女性俳句研究」における駒木根さんの研究ぶり、執筆ぶりに、私はいつも敬服している。まず、一次資料や初出の文献に可能な限り徹底的に詳細に当たり、丹念に調べ上げる。そのため、俳句文学館はもとより、国会図書館、神奈川県立図書館、神奈川近代文学館閲覧室、横浜市中央図書館、鎌倉文学館などに実に精力的に通い、粘り強くこつこつと資料を探し、当該のものばかりでなく、その周辺に関する資料まで豊かに集めて来る。その実証的で綿密な調査収集のやり方は、学生時代に江上ゼミで厳しく鍛えられてきた経験の積み重ねに拠るものであろう。彼女の調べ上げる情熱とたくましい行動力、そして調べるスキルと能力の高さに、私はずっと尊敬の念を抱き続けているのである。

杉田久女についての研究をしていたとき、駒木根さんは久女が小学生としての大部分の時期を過ごした台湾時代に関する手がかりを求めて東新宿にある台湾協会へ行き、「臺灣總督府職員録」から、「七等十級　正七　赤堀廉蔵」という、久女の父親の名前を見つけ出した。さらに台北で久女が通ったと思われる小学校の名前も探し出している。これらの資料のことを聞いた時は、私も非常に興奮した。

その後、彼女と一緒に国会図書館に行った。俳句を始める前の独身時代に久女が投稿したという新体詩と短歌について調べるためである。借り出した復刻版の「女子文壇」（明治三八年から大正二年まで刊行されていた月刊誌。特に投稿欄に力が注がれていた）を山のように積み上げ、各号の入選作を調べていったのだが、明治四〇年一一月一五日増刊号の新体詩の部（河井酔茗選）三等に「紅ひなげし　下谷區上野櫻木町二六　赤堀久子」を見つけた時は、ふたりで思わず歓声を上げてしまった。これも彼女の情熱に満ちた探究心のおかげで実現したことであるが、あの時の喜びは忘れられない。また、「女子文壇」明治四〇年一一月一日号短歌の部（佐佐木信綱選）には、久女の短歌一首が入選していた。

その後阿部みどり女について考察していた際も、私はみどり女が戦後間もない頃から二十数年間にわたって、受刑者たちに俳句指導を行っていた仙台刑務所で刊行されていた所内文芸誌「あをば」を直接見てみたいと思っていたのだが、国会図書館の憲政資料室にマイクロフィルムの形でその一部が残っていることが判明した。そのことを突きとめてくれたのも駒木根さんである。ふたりで一緒に憲政資料室に行き、貴重な「あをば」のコピーを手に入れることができた。彼女の、資料や文献を探し求める粘り強さと勘の鋭さは本当に凄いとしか言いようがない。私はいつも頭を垂れつつ、その恩恵を蒙っているのである。

駒木根さんは書籍の編集の仕事をなさっていたこともあり、またご自身フリーライターの経験もある。その実証的で緻密な資料点検を踏まえたうえでの、論理的で緊密な構成に支えられた文章力は、「麟」の「女性俳句研究」でもいかんなく発揮されていて、毎回非常に充実した、確かな読み応えのある論考を展開している。さらに駒木根さんは「麟」の編集長として抜群の企画力を示し、誌面全体に鋭く目配りしては的確な判断力で毎号をまとめてくださっている。彼女の雑誌作りに賭ける情熱と活力と、磨いてきた高い力量や能力に引っ張られ助けられて、「麟」は十年余り歩んでくることができたのである。

『夜の森』は、二〇〇一年に刊行された『頭上』に続く、駒木根淳子さんの第二句集である。

『夜の森』全体を通して、豊かな知性と、社会や世界を見据える確固とした視座や批評性を踏まえつつ、日常の時間を生活者として丁寧に慈しみながら生き、そこから紡ぎ出される温もりとリアリティのある言葉を、五七五に定着させてゆこうという姿勢に貫かれている。

半夏生もう昼でなく夜でなく
海けふは陸よりしづか龍の玉
梅一輪空のちくちくしてきたる
滑落の一瞬蛇の伸びきつて
みんみんの黙みんみんの埋めゆく
梟の月得てさらに長考す
枯露柿のとろりと雪になる雲か

句集前半から、このように俳句としての勘所をしっかりと押さえた眼力の確かな作品が登場する。一句目、時間に対する鋭敏な感受性と的確な把握。二句目、大景の描写とその中の〈龍の玉〉の青の鮮烈。〈梅一輪〉〈蛇〉〈みんみん〉は作者の研ぎ澄まされた五感によってそのありようがいきいきと犀利に描出されており、〈梟〉と〈枯露柿〉は才走らずしかも滋味のある飛躍により、豊かな味わいを醸し出し、静かな風格も漂わせている。これらの一連には、作者のしたたかな実力というものがうかがわれる。

耀あとの河岸にあきかぜ椅子に人
短日や肉屋の秤すぐ拭かれ
若布漁近し薪を浜に積み
乾きもの戸棚にさがす十三夜
貝洗ふ音きびきびと立子の忌
　三浦半島不漁
若布採る初漁にして漁仕舞
十薬は八重卓袱台の似合ふ家

ここには、自他の暮らしに向ける温かく堅実な眼差しがあり、それに直結してつながる質直な表現がある。駒木根さんの生活上のモットーは「地産地消」。ご自宅のある湘南地域や三浦半島の界隈をご主人とよく巡っては、その地に採れるものや海産物を、顔馴染みの生産者や漁師さんから直接買って来る。彼女は「吟行」として訪れるのではなく、生産者や漁師さんたちと、その人々の暮らしの場で親しく交流し、そこで得た食材を自身の日々の糧としている。このようにして日常生活を大切にし、地に足を着けて生きるところから生み出される俳句は、真の足腰のつよさを持っている。駒木根さんが山崎ひさを主宰の「青山」に所属していたときに刊行した第一句集『頭上』にも、すでに「ひと抱へほどの若布を引きずり来」や「若布干す傍に子供のものを干し」などの着実な作品がある。

　ちなみに、『頭上』所収の「輪飾りを結びしマスト揺れやまず」を含む一連五十句で、駒木根さんは第四回朝日俳句新人賞準賞を受賞している。

　また、鎌倉に隣接する街に住む駒木根さんは、生活圏内として、いわば日常の散歩の一環として、鎌倉の寺社や行事に頻繁に通っている。

　　　涅槃図へみしみし人の近づける

禅寺の炊煙一途梅ひらく
涅槃図の近づきすぎて見えぬもの
涅槃図の大き桐箱ありにけり
鎌倉五山花御堂より花御堂
諷経の僧三十人と春惜しむ

自宅から歩いてゆくことの多い鎌倉の山々を初めとする自然、ちょっとした小径、商店などに駒木根さんは精通している。そうであればこそ、かりそめの吟行句ではない、豊かな愛着の通った、新鮮な発見を伴う鎌倉の風物を詠んだ作品を生むことができるのである。

そして、自身の生活の場にしっかりと立脚して俳句を詠むという姿勢は、自身の家族や親族についての落ち着いてこまやかな、しかも質実な表白へとつながってゆくのである。

飛魚の銀の矢跳ねて子は二十歳
父がまた母の名を呼ぶ冬霞

夕焼けて健啖の父卓に待つ
茄子の花寡黙な男なら信ず
水餅の闇より母の手がもどる

いずれもそれぞれの季語が実体感や手触り感を保持しつつ、その有する色彩とともに一句の世界を大きく包み込んで、作者の沈潜した思いを象徴的にひたひたと伝えてくる。

底冷の父よりはづす管の数
大寒の柩薬香の白衣置く
父の亡き調剤室の冬灯
天上に父の豆撒く声あらむ
遺されて春の小川をうたふ母

二〇一一年一月、お父上逝去に際しての一連である。あくまで物に即した冷静な詠みぶりにより、悲しみの感情はいっそう深く静かに読む者の心に染み入ってくる。〈天上に〉のイマジネーションは痛哭の極みの表白であり、〈遺されて〉にただならぬお母上の様子が冷厳に描出されている。

さらにその直後、悲痛極まりない事態が起きる。

東日本大震災　三句（のうち一句）

春寒の家なき母となりにけり

地軸ほど傾く母よ額の花

家毀つ順番来たり雲の峰

毛糸編む母に再び逢へるとは

和菓子屋に母似の背中秋彼岸

帰りたき母をなだむる夕薄暑

花木槿母に昨日も今日もなく

生身魂なれば娘の名を忘れ

夕蜩ひと様に母ゆだねをる

未曾有の大災害と愛するお母上の状態。駒木根さんはその現実を直視し、痛みを堪えつつ誠実に表現として打ち出してゆく。彼女が現実から逃避して、優美なムードの心地よい自然詠に流れていってしまうことはない。〈地軸ほど傾く〉という措辞は極めて巧みだが、のっぴきならない重みを持つ。〈和菓子屋に〉の、慟哭を身深くに押しとどめきった穏やかな懐かしさ。そしてこれらのどの作品においても、やはり季語が素手で摑んだような実在感を保ちつつ、豊かなイメージで一句を立たしめている。

東日本大震災　三句（のうち一句）

海市にはあらず原子炉てふ遺跡
山河灼け万年超ゆる半減期
燃料棒融けゆく花の奈落まで

生きとし生けるものの生存に関わる極めて深刻な事態を、並々ならぬ決意と力量で詠みきっている。〈海市にはあらず〉は、幻影を強く否定するという形で、目の前の現実の空前の危機を浮かび上がらせ、〈山河灼け〉では、到底人間の手に負えない状況を生み出してしまった私たちの、途方に暮れるしかない姿が映し出される。また〈燃料棒〉の句において〈花〉は全く新しい形相、かつてない恐ろしさ、とてつもない不気味さで立ち顕われる。ここにあるのは、まぎれもない私たちの時代の〈花〉なのである。

見る人もなき夜の森のさくらかな
仮設住宅三百といふ冬景色
被曝野と呼ばれやませの吹き荒ぶ
海原に祈る濃き虹また祈る
いわき市　五句（のうち一句）
柚子刻む放射線量測定所
永久に二時四十六分大霞

大震災と原発事故後の、故郷の人々の暮らし、そして作者自身の思い。首都圏に住む私たちは、おそらく世界でも比類のない明るい夜や便利な生活を、当たり前のこととして享受してきた。しかし、気がつけば国土の一部を放射能汚染によって失い、その地の人々はよその土地に移り住んで不自由な辛い暮らしを強いられている。駒木根さんは故郷いわき市とその周辺の三・一一以後の情況や自身の沈思を、抑制を利かせて物に即し、あるいは静謐な祈りの姿に託して、骨格の確かな俳句に刻印する。大震災を自己の内面において苦悩しつつ真っ向から誠実に受け止め、思索を深め、俳句として表現しようとしている。いわば大震災の内面化ということが、ここで行われようとしているのではないだろうか。

東日本大震災以後、駒木根さんはそれ以前から蓄えていた社会と人間を鋭く見つめ、独り思念をこらす力を急速に深化させているように思われる。

夕立のはじめ見逃す戦争も
八月や三百万の死者に母
テトロンの日の丸うすし鳥帰る
世の中の二三歩あとを蟇
箱庭に無し原子炉もミサイルも
秋夕焼次の戦争まで平和
つぎはぎの国土綻びゆく暮春

現在の日本の情況に対する危機感を伴った認識、他人事でなく自分たちの生がまさにこのただ中にあるという痛切な認識が、これらの作品の底流にある。一句目、〈夕立のはじめ見逃す〉という措辞は明敏な観察力の賜物であり、〈戦争も〉が意表をついているようで、しかし今の日本社会を見渡すとき大きな説得力がある。三句目〈テトロンの〉に籠められた俳味のある批評性。〈箱庭に〉の句の大胆な発想は、素朴でまっとうな暮らしへの強い希求が根底にあればこそ。〈つぎはぎ〉は日本列島の地層構造上のことでもあり、社会構造のことも暗示しているだろう。〈暮春〉が衰退一歩手前の爛熟した社会の様相を連想させる。

梅雨の蝶水面のおのれ嗅いでゐし
鏡より冥くわれ坐す颱風裡
狐火に遭ひ白髪を殖やしたる

いずれも東日本大震災以後の作品である。一定の年輪を重ねた女性ならではの、艶消しをした艶とでも言うべき潤いを秘めた暗い光沢が魅力的であるが、自己の内側に独り深く下りてゆき、省察する作者の姿がある。ここには、かな女、久女、しづの女、みどり女、そして多佳子を入念に読み、考察してきた作者が、女性俳句の先達たちの滋養やエッセンスを咀嚼、吸収してきた成果も確かに感じられるのである。

さくら枝垂れてかき揚げの紅生姜
螢待つかすかな飢ゑを押しとどめ
つくし摘む淋しき音を地に重ね
竹皮を脱ぎ長雨の崖背負ふ
捨雛のやがて人魚になる薄暮
きだきだの水平線や野水仙
若葉から青葉に移る昼下り
悠久を旅してゐたり蝸牛

いずれも句集後半の作品である。一句目、〈紅生姜〉への俳句ならではの展開の妙、おもしろさ。二句目、三句目の有するリアリティと詩の融合。〈竹皮を脱ぎ〉の地味ながら手強い骨太な把握。〈捨雛の〉のイメージには、どこかに東日本大震災における津波被災者への、痛切な鎮魂の祈りにつながるものがありはしないだろうか。〈野水仙〉の一句の安定した構成力と凜とした詩情。〈若葉から〉の繊細な眼差し。そして小さな〈蝸牛〉に寄せる愛情に発した、イマジネーションの豊潤さ。これらの作品は俳句としての格と醍醐味を併せ持っており、作者の力量の高さを証明している。

社会や世界に対する鋭い批評性や洞察力を秘め持ちつつ、しっかりと足を踏まえた日常の時間を丹念に慈しみつつ生きて、周囲の生活者にまっすぐ篤実に向き合い、そこから真率で身体感覚のある言葉を紡いできた駒木根さん。大震災以降おのれをより深く掘り下げ、凝視し、大震災の内面化とも呼ぶべき句境を深めつつ、独自の表現世界を築き上げている。

これから先、駒木根さんがどのような作品を書いてゆかれるのか、句会においてその作品の最初の読者となる幸せを味わわせてもらうことのできる者として、本当に楽しみなのである。

さらに、「女性俳句研究」をともにこつこつと地道に進め、そこから得られる豊かな学びと喜びを共有し、積み重ねてゆきたいと私は願う。
持ち前の明るさとエネルギッシュな行動力で、駒木根さんはきょうも生き生きと地を踏みしめて歩んでいることだろう。

二〇一六年　新涼

山下知津子

あとがき

東日本大震災から五年が経過した今年、再び熊本地震が起きました。惨禍を目の当たりにするにつけ、地震国日本に生きる宿命をまざまざと痛感し、ともすると忘れがちな東日本大震災の記憶が鮮明に甦りました。

あの二〇一一年は、それまで平凡ながら比較的平穏に暮らしてきた私にとって不幸が重なる、悲しみと苦渋に満ちた年でした。一月に福島県いわき市に住む父が亡くなり、混乱した母は独り暮らしができなくなりました。四十九日が過ぎて間もなく、嫌がる母を説得し入院へ。そしてようやく介護施設に移ることが決まりました。ところが体験入居四日目、あの大震災が起き、母は帰る家を失ってしまったのです。

それ以上に私を絶望させたのは、翌日からの原子力発電所の事故でした。そこはかつての夫の職場でした。短期間ではありましたが、私も発電所にほど近い双葉町に転居し、近所の人々に助けられながら、生まれたばかりの長男を育てた思い出の地でした。

のどかな田園地帯にある社宅では、目の前に菜の花畑が広がり、夕暮れには家の網戸に螢が点るような、四季に恵まれた場所でした。その地を地震・津波・放射能の三重苦が襲い、多くの原発避難民を生みだしてしまったのです。

実は震災後しばらくはあまり記憶がありません。放心状態のまま日々が過ぎ、悲歎に暮れ、無力感に苛まれては何も手につかず、ましてや俳句を作る気にはとてもなれませんでした。

一方で惨状を伝える映像や新聞記事でずたずたになった心を慰めたのも俳句でした。とりわけ日経新聞の俳壇欄（選者・黒田杏子「藍生」主宰）はかなり長い期間、震災詠のみとなり、被災地からも数多くの俳句が発信されました。それらを一句一句、心に刻むように読んでいると、不思議と心が落ち着くのです。

そして思いがけず、まさに賜るようにできたのが〈見る人もなき夜の森のさくらかな〉の一句でした。〈夜《よ》の森〉は原子力発電所から約七キロメートル離れた桜の名所です。

あの年、散り際の桜を眺め、「夜《よ》の森の桜もあと十日もすれば満開か」とふと思いました。「春は夜《よ》の森で花見をし、秋は請戸《うけど》川で芋煮会をするのが一番の楽しみ」と地元でよく耳にした言葉が懐かしくも切なく、自然に五七五となったのです。

俳句入門から二十余年、初めての経験であり、日経俳壇欄にも初めて投稿しました。身近の憂苦や悲歎を生きるエネルギーに転化してゆく俳句の可能性を身をもって学んだといえるでしょう。

桜の頃の夜《よ》の森公園は多くの人々が訪れましたが、現在は帰還困難区域という人間の住めない土地です。図らずも真の闇「夜の森」という象徴的な地名となり、自戒を込めて句集名を『夜《よる》の森』にしました。「明けない夜はない」と言います。一日でも早く、震災前の日常が戻り、ふたたび賑やかに花見ができる日が来ることを祈らずにはいられません。

もう十数年前になりますが、同世代の俳人として確かな業績や高い見識を有すると同時に、難民への人道支援を地道に続ける山下知津子さんと邂逅し、蒙を啓かれました。そして「文学としての俳句」の理念に共鳴し、女性だけの俳句同人誌「麟」の創刊に参加しました。

それから十一年、俳句の研鑽に加え、「女性俳句研究」を継続的に執筆し、黎明期の女性俳人たちの作品を考察・検証し、生い立ちや生き方と併せて時代背景等、学ぶ世界が広がりました。女性に厳しい時代でも、苦闘し懸命に句作する女性俳人の一途な姿を知り、俳句の新たな指針を見つけた思いです。

その成果を句集にと思いつつも、いまだ廃炉までの道は遠く、何も解決していない現実を思うと逡巡する気持ちがありました。躊躇する背中を押してくれたのが、山下知津子代表はじめ「麟」に集う句友です。さらに山下代表からは、たくさんの正鵠を得た助言と心の籠った跋文を賜り、この上ない喜びとなりました。

刊行にあたり、石井隆司様、『俳句』編集長白井奈津子様、滝口百合様に細やかな心配りをいただきました。また、かねてより憧れていた間村俊一さんに装丁をお願いすることもできました。

震災は不幸な出来事でしたが、今まで見過ごしていたことに気づき、多くの方に助けられていると実感する機会でもありました。支えてくださった皆様に心よりお礼申し上げます。最後に辛い記憶を喚起する句集名を承諾してくれた家族に感謝をささげたいと思います。

駒木根淳子

二〇一六年　蜩を聞きながら

【著者略歴】

駒木根　淳子…………（こまきね・じゅんこ）

一九五二年　福島県いわき市に生まれる
一九九二年　「青山」入会
二〇〇一年　第四回朝日俳句新人賞準賞受賞
二〇〇二年　「青山」退会
二〇〇五年　俳句同人誌「麟」創刊に参加、編集を担当

「麟」同人、公益社団法人俳人協会会員
句集　『頭上』

現住所　〒二四七―〇〇〇六　神奈川県横浜市栄区笠間二―一〇―三―四〇一

句集　夜の森《よるのもり》

初版発行　2016（平成28）年11月25日

著　者　駒木根淳子
発行者　宍戸健司
発　行　一般財団法人 角川文化振興財団
〒102-0071　東京都千代田区富士見 1-12-15
電話 03-5215-7819
http://www.kadokawa-zaidan.or.jp/
発　売　株式会社 KADOKAWA
〒102-8177　東京都千代田区富士見 2-12-3
電話 0570-002-301（カスタマーサポート・ナビダイヤル）
受付時間 9:00～17:00（土日　祝日　年末年始を除く）
http://www.kadokawa.co.jp/
ＤＴＰ　オノ・エーワン
印刷製本　中央精版印刷株式会社
 ISBN978-4-04-876411-7 C0092

角川21世紀俳句叢書

あざ　蓉子
有澤　榠櫨
伊藤伊那男
稲畑廣太郎
井上　康明
今井　肖子
今井　豊
今橋眞理子
上田日差子
遠藤若狭男
小澤　克己
恩田侑布子
駒木根淳子
佐怒賀正美

谷口　摩耶
辻　恵美子
対馬　康子
照井　翠
仲　寒蟬
中田　水光
中西　夕紀
名村早智子
西村　和子
西宮　舞
西山　睦
長谷川　櫂
原　雅子
檜山　哲彦

広渡　敬雄
星野　高士
松尾　隆信
三村　純也
守屋　明俊
矢野　景一
山﨑　十生
山田真砂年
山田　佳乃
山西　雅子
山根　真矢

（太字は既刊）